集中外名家经典科普作品
全力打造科普分级阅读图书

HUICHANGGE DE WEIBA

会唱歌的尾巴

陈龙银 薛贤荣 姚敏淑 主编
王 玲 等编著

少儿科普精品分级阅读
（6~9岁）

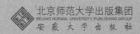

北京师范大学出版集团
安徽大学出版社

图书在版编目(CIP)数据

会唱歌的尾巴/陈龙银,薛贤荣,姚敏淑主编;王玲等编著.—合肥:安徽大学出版社,2015.9

(少儿科普精品分级阅读.6~9岁)

ISBN 978-7-5664-0974-4

Ⅰ.①会… Ⅱ.①陈… ②薛… ③姚… ④王… Ⅲ.①阅读课-小学-课外读物 Ⅳ.①G624.233

中国版本图书馆CIP数据核字(2015)第150918号

出版发行:	北京师范大学出版集团
	安 徽 大 学 出 版 社
	(安徽省合肥市肥西路3号 邮编230039)
	www.bnupg.com.cn
	www.ahupress.com.cn
印　　刷:	合肥市裕同印刷包装有限公司
经　　销:	全国新华书店
开　　本:	170mm×240mm
印　　张:	8
字　　数:	91千字
版　　次:	2015年9月第1版
印　　次:	2015年9月第1次印刷
定　　价:	15.80元

ISBN 978-7-5664-0974-4

策划编辑:钟　蕾	装帧设计:徐　芳　李　军
责任编辑:谢　莎	美术编辑:李　军
责任校对:程中业	责任印制:赵明炎

版权所有　侵权必究

反盗版、侵权举报电话:0551—65106311

外埠邮购电话:0551—65107716

本书如有印装质量问题,请与印制管理部联系调换。

印制管理部电话:0551—65106311

顺应时代需求，荟萃科普精品

陈龙银　薛贤荣

在多地为青少年举办的"好书推荐"与"最受欢迎的图书评比"活动中，科普作品都占有相当大的比重。不但家长和老师希望孩子们多读科普作品，以汲取知识、启迪智慧，而且孩子们自己也非常愿意阅读此类作品，他们觉得对自己的成长有所裨益。

科普作品（包括科幻作品）是科学与文学相结合的产物，此类书在中国的萌芽最早可以追溯到20世纪初叶。

晚清时，中国的知识分子就开始思考用含有科学知识的文学作品启迪民智、更新文化。梁启超于1902年发表的《论小说与群治之关系》一文，强调了包括"哲理科学小说"在内的新小说对文化改良的巨大作用，并翻译了《世界末日记》《十五小豪杰》等西方科幻小说。鲁迅则认为"导中国人群以进行，必自科学小说始"，他翻译了凡尔纳的《月界旅行》《地底旅行》等科幻小说。《新中国未来记》《新石头记》《新纪元》《新中国》等早期科幻文学的一个个"新"，表达了中国人对工业化基础上民族复兴的渴望，所有主题都绕不开现代性的追求。

新中国成立后，特别是改革开放以后，科普作品出现了创作、出版与阅读的高潮。近年来，科普作品进一步与民族复兴的中国梦联系起来。在审美功能不被削弱的前提下，科普作品不仅被赋予了教育价值，还肩负起构筑民族国家精神、引导民族国家复兴的政治理想。人们对其价值与作用的认识达到了前所未有的高度。

本丛书就是在此大背景下问世的。

科普作品的作者一般由两类人构成：一是文学工作者，他们在文学作品中加入科学知识并期盼这些知识能得到普及；二是科学工作者，他们用文学的手法向读者介绍科学知识。具有科学知识的文学工作者与具有文学素养的科学工作者并不是很多，因而，就具体科普作品来说，要想克服忽略生动与感染力的通病，达到科学与文学水乳交融的境界，绝非易事。因此，优秀科普作品的总量不多。

打破地域、时间和作者身份的限制，广泛搜集科普精品，再将内容与读者年龄段精心匹配，使之成为一套科普阅读的精品书，这就是本丛书的编选方针。对于当前的普遍关注而又存在认识误区的话题，如食品安全、环保、转基因利弊等，丛书在选文时予以重点倾斜；对于事实上不正确而大多数人却认为正确的所谓"通说"，丛书则精心选用科普经典作品予以纠正。

本丛书的特点还体现在以下几个方面：

其一是分级，从小学到初中共分为九本，每年级一本。从选文到编排，都充分考虑到各年龄段读者的不同特点。如考虑到一、二年级段的小学生识字不多、注意力难持久集中、理性精神尚未觉醒等特点，在选文时多选短文，多选充满童心童趣的童话、故事，尽量避免出现难以理解的专业术语，并加注拼音。初中阶段读者的理解力已经很强了，故而选文篇幅加长，专业术语出现的频率也相对增多。总之，丛书的选编坚持"什么年级读什么书""循序渐进"和"难易适中"的原则，以免出现阅读障碍。

二是保护、激活读者求知与想象的天性。求知和想象本来是孩子的天性。但现在的教育不但忽视了对于孩子想象力的保护和培养，而且在一定程度上抑制了孩子的天性。本丛书力求让读者能轻松阅读、快乐阅读，力求所选作品能够保护孩子的想象力，开发孩子的创造力，让他们得以充分发展。

三是让读者在获得科学知识的同时培养其科学献身精神。科普作品是立足现实、面对未来的，了解知识固然重要，但对于正在成长的少年儿童来说，引导他们关注未来，激发他们去探索科学的真谛，为科学献身，则更加重要。这套书对培养他们的科学献身精神有着不可低估的作用。

 目录

第一辑
动物奇境故事

会唱歌的尾巴	2
沮丧的小刺猬	5
谁丢的尾巴	7
小鸡娃找耳朵	12
蜗牛的房子	14
小鸭和青蛙做朋友	18
小白兔折耳朵	21

第二辑
植物王国趣事

小红花	28
白菜的客人	31
笋芽儿	36
小苍耳的"铠甲"	40
小猪种蚕豆	43
爬山虎	47
谢谢蚯蚓	50

第三辑
大自然寻秘

彩虹知错了	56
谢谢火	59
玻璃窗上的小水珠	66
小房子	68
春天的报信者	76
天气预报	82
风雪小丫头	88

第四辑
生活与科技探奇

寻找鼠国"大力士"	96
狐狸和狼	101
小牛小猪救小鱼	106
会融化的"玻璃"	110
小姑娘的棉衣	113
美味的阳光	118

第一辑
动物奇境故事

走进动物王国，品读奇境故事。

动物王国故事多，动物王国故事妙。

动物是人类的朋友。认识动物，我们才能了解动物。了解了动物，我们才能更好地保护动物。

边读故事，边学知识，越读越开心，越读越想读。

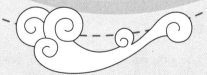

会唱歌的尾巴

徐光梅

一条小响尾蛇从草丛里爬了出来，他肚子饿极了，正在寻找食物呢。可找了半天，他连一只小飞虫都没碰到。

离开家的时候，妈妈对他说："我们的尾巴会唱歌，动动脑子，你就不会挨饿。"

可是，唱歌又有什么用呢？难道唱歌能唱出食物来？响尾蛇这样想着，就晃动了几下尾巴。

果然，他的尾巴发出了响声，"嘎啦嘎啦，嘎啦嘎啦"……真好听！那声音，像石头上流动着的清泉。

响尾蛇高兴地想："原来我的尾巴能唱

出这么好听的歌!"他又轻轻地晃动了几下,"嘎啦嘎啦",真的非常好听。

不远处,一只口渴的土拨鼠听到了这声音。啊,水!他又侧耳细听,真的,真的是流水声。

他立刻循声赶去。响尾蛇听到动静,一边提高了警惕,一边继续晃动尾巴,"嘎啦嘎啦,嘎啦嘎啦"……

土拨鼠还以为能喝到清冽的泉水呢,可是,等他赶到,却被响尾蛇一口咬住,成了响尾蛇的一顿美餐。

响尾蛇就是这样用他那会唱歌的尾巴寻找食物的。

知识链接

响尾蛇尾巴的末端有一串角质环,是多次蜕皮后的残存物。它急剧活动或遇到敌人时,会以每秒钟40~60次的频率迅速摆动角质环,角质环会长时间地发出响亮的声音,致使敌人不敢靠近,或被吓跑,故被称为"响尾蛇"。

沮丧的小刺猬

薛贤荣

小白兔和小刺猬在一起玩耍时,来了一个人。

这个人抱起小白兔,摸摸它柔软的毛,称赞说:"这小家伙真漂亮!"

小白兔听了很得意。

他瞅了小刺猬一眼,摇摇头,说:

"这小东西太难看!"

小刺猬听了很沮丧。

晚上回到家里,小刺猬哭着问妈妈:

"你为什么不能给我穿一件漂亮的衣服呢?瞧我这一身装束,灰不灰、黑不黑的,还长满了刺,丑死了!人见了都讨厌我!"

"这个世界除了人之外,还有狼呀!"刺猬

妈妈笑了,"你和小白兔今天如果不是碰见人,而是碰见狼,你们的感受就会完全不一样了!"

知识链接

刺猬的刺,韧度高,弹性好。它从高处掉下来时,会立即把自己卷成球状,利用刺的弹性,避免摔成内伤或粉碎性骨折。所以,刺猬的刺能起到防身作用。

谁丢的尾巴

陈 洁

小猪捡到了一条小尾巴。这是谁的呢?他一边走一边想,迎面碰上小花猫。小猪伸出手中的小尾巴问:"这——这是你丢的吗?"

小花猫凑上前仔细瞧了瞧,说:"谢谢你,这不是我的。我的尾巴又长又灵活,能屈又能伸。而这是条小尾巴呀。"

小猪就往别处去,走着走着,遇上一群猴子。"这是你们谁的尾巴?"小猪上前问道。

猴子们连忙摸摸屁股,尾巴都在。"小猪,我们的尾巴没有丢。谢谢你!"猴子们说。

"那这是谁的尾巴呢?"小猪问。

"这肯定不是我们猴子的。"猴子们说,"你

会唱歌的尾巴

瞧,我们的尾巴长着呢,而且能卷在树枝上,挂住身体。"

小猪只好去别处找。走着走着,他碰到老牛。

"牛伯伯,这是你们牛的尾巴吗?"小猪一边说,一边把尾巴递给老牛。

老牛仔细地看了看,笑着说:"这不是我们牛的尾巴。我们牛的尾巴又粗又大,可以来回拍打身体,赶走叮咬我们的蚊蝇。"

"那会是谁的呢?"

"对不起,我也不知道。"牛伯伯抱歉地说。

小猪只好又往别处去。走着走着,他碰到了袋鼠。"袋鼠阿姨,这尾巴是你的吗?"小猪连忙上前问。

袋鼠接过来看了看,说:"这——我也不知道是谁的,但不是我们袋鼠的。瞧,我们的尾巴又硬又大,像一张小板凳呢。"说着,她用尾巴撑着地,坐了下来。

小猪拿着尾巴走到了小河边,看到了正在游泳的小鱼。"小鱼,小鱼,这是你的尾巴吗?"小猪蹲下问。

小鱼抬头看了看,摇摇尾巴说:这条尾巴那么圆,而你看,我们的尾巴是扁的,能帮我们游泳,还能帮我们调整方向呢。"

小猪站起身来往别处去。走着走着,他碰到了狐狸,狐狸正在睡大觉呢。"狐狸兄弟,这是你的尾巴吗?"小猪走过去问道。

狐狸被吵醒了,有些生气地说:"这会是我的吗?你没看见我正用尾巴当枕头睡觉吗?"

小猪只好再往别处去。走着走着,他碰到了停在草地上的燕子。"小燕子,这是你的尾巴

吗?"小猪问道。

"我的尾巴像剪刀,是我飞行时的'方向盘',不会丢的。"燕子回答。

"那这会是谁的尾巴呢?"小猪问。

燕子仔细地看了看,说:"大概是小壁虎的,只有他经常丢尾巴。"

小猪连忙去找小壁虎,小壁虎正在土墙上爬。"小壁虎,小壁虎,这是你的尾巴吗?"小猪急忙上前问。

小壁虎看了看,说:"哈哈,是我的尾巴!这是好几天前被我甩掉的,当时有一只老鼠追赶我,它咬断了我的尾巴,我趁机跑了。"

小猪看了看小壁虎,发现小壁虎的尾巴好好地拖在后边,不禁问:"小壁虎,难道你有两条尾巴吗?"

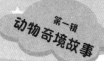

"不是的,"小壁虎笑着说,"我的尾巴丢掉后不久就能长出新的。小猪,谢谢你啦!"

"原来是这样。"小猪这下明白啦。

知识链接

不同动物尾巴的形状大多不同,用途也不同:有起平衡作用的,如猫、袋鼠、猴、松鼠、马、鸟的尾巴;有起保护作用的,如穿山甲、鳄鱼、河狸的尾巴;有起支撑作用的,如啄木鸟的尾巴;有起保温作用的,如松鼠、狐狸的尾巴;有起定向和推进作用的,如鱼类等水生动物的尾巴;有起示警作用的,如鹿、蛇的尾巴;有起逃生作用的,如兔子、蜥蜴和壁虎的尾巴;有起捕食作用的,如蝙蝠的尾巴;有起能量贮藏作用的,如狐猴的尾巴;有起攻击作用的,如狮、虎、豹的尾巴。

小鸡娃找耳朵

胡祁人

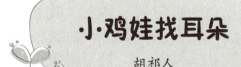

有一天,小鸡娃、小兔娃和小猪娃在一起玩。

忽然,小兔娃叫起来:"哎呀,小鸡娃,你怎么没有耳朵呀?"

小鸡娃愣住了,它看了看,小兔的两只耳朵竖得高高的,小猪的两只耳朵又大又肥!

小鸡娃急急忙忙地跑回家,对着镜子照来照去,可没找到自己的耳朵,它哭着去找妈妈。

"妈妈,我怎么没有耳朵呀?"

妈妈笑了:"孩子,你要是没有耳朵怎么能听见我说话呀?"

妈妈亲了亲小鸡娃眼睛后面的一个地方,说:"这就是你的耳朵呀!你自己看不见的。来,

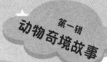

看看妈妈这里!"

小鸡娃凑到妈妈眼睛后面,看见一撮稍微凸起的毛,毛背后就是耳孔。

小鸡娃亲了亲妈妈的耳朵,高兴地跑出去,给大家看自己的耳朵。小猪说:"小鸡娃,你的耳朵真好,虫子钻不进去,雨也淋不到!"大家听了,都开心地笑起来。

知识链接

鸡和兔、狗、猪等动物一样,是有耳朵的。不过,鸡的耳朵在眼睛的后面,那里有一撮稍微凸起的毛,毛背后就是耳朵孔。

蜗牛的房子

王 玲

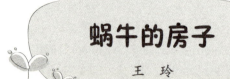

每只蜗牛都有个小房子,他们每天都要背着房子满世界爬。

一只小蜗牛整天背着房子爬来爬去,觉得真是太累了。他抱怨道:"我们蜗牛真傻,到哪儿都背着房子,又重又不方便,走起路来慢腾腾的,我真想把它扔掉。"

妈妈听了吓坏了,赶紧说:"孩子,我们的房子很重要,千万别干蠢事。"

可是,小蜗牛才不会把妈妈的话放在心上的。

一天,小蜗牛把小房子扔在墙脚,钻进了一个菜园。"真轻松呀!"没有了房子,小蜗牛爬得快多了,他很快就爬到了碧绿的青菜

上，大口大口地吃了起来。

当小蜗牛吃饱了的时候，天突然下起了大雨，"哗哗哗，哗哗哗"。小蜗牛想到房子里躲雨，可是，小房子被他丢在了菜园外面。没有办法，小蜗牛只好淋雨了。

回到家，小蜗牛感冒了，又发烧，又打喷嚏，还流了好几天的鼻涕。小蜗牛难受极了，躺在家里不能动。

病好后的一个晴天，太阳照在身上暖洋洋的。小蜗牛想："天晴真好，我到草地上去散步，今天不会下雨的，不带房子没关系。"

小蜗牛轻松地在草地上散步，还采了一把美丽的野花。当他爬到一棵蒲公英上，想摘一朵小绒球时，一只萤火虫向他飞来。

"哎呀!"小蜗牛吓坏了,因为,蜗牛最怕萤火虫了,别看萤火虫小,他的尖嘴巴插进蜗牛的身上,能把蜗牛的胖身体吸干。小蜗牛想躲,可是,小房子被他丢在家里了。小蜗牛只好使劲一滚,滚进了草丛,这才躲过了厉害的萤火虫。

小蜗牛回到家,钻进自己的小房子里,吓得很久都不敢把头伸出来。

从那以后,小蜗牛不管走到哪里,身上都背着小房子。

知识链接

蜗牛的身体很软,全靠硬硬的壳来保护。它的心、肺等重要器官都在壳里。

小鸭和青蛙做朋友

陈 洁

小鸭在小湖里边游边唱:"嘎嘎嘎,划小船,捉小鱼,又捕虾,我是快乐的小小鸭……"唱着唱着,它碰上了小青蛙。

"嘎嘎,你是小鱼吧,我可要吃掉你!"小鸭以为青蛙是小鱼,高兴得嘎嘎叫。

"鸭姐姐,我是小青蛙,不是小鱼。"见小鸭要吃他,小青蛙急忙解释说。

"青蛙?青蛙也是鱼吗?你们是一家吗?"小鸭不解地问。

"我们不是一家。"小青蛙说,"你瞧,我们青蛙穿的是黄绿色带黑条的外衣,而小鱼披的是鳞;我们不仅能在水里游泳,还能在陆地上跳跃,可鱼离不开水;我们能呱呱叫,小鱼却不能;我们用肺呼吸,在水中皮肤也能辅助呼吸,而小鱼只能用鳃呼吸;我们在水里用腿划水前进,而小鱼是靠尾巴和身体的摆动前进的。我们能捕捉害虫、保护庄稼,是农民伯伯的好帮手。"

小鸭听了,连连点头说:"我知道,你们青蛙是著名的捕虫能手,是人类的好朋友。我听说你们爱吃害虫,一只青蛙一天大约要吃70只虫子呢,我们都应该来爱护你们。小青蛙,让我们做朋友吧。"

小青蛙很高兴,与小鸭成了好朋友。

青蛙和小鸭,小湖里面划,青蛙"呱呱呱",小鸭"嘎嘎嘎"。

知识链接

青蛙属于两栖类动物。青蛙将卵产在水中,其在母体外孵化长成蝌蚪,用鳃呼吸。蝌蚪长大后尾巴脱掉,主要用肺呼吸,兼用皮肤呼吸,多数善于游泳。

小白兔折耳朵

白 明

小白兔，爱漂亮，

镜子前面来化妆。

左看看，右瞧瞧，

唉，耳朵怎么这样长！

小白兔觉得自己的长耳朵太难看了。红眼睛和三瓣嘴，别人在远处不一定能看得出，可这长耳朵太显眼了。

"我应该把耳朵变短一点。"小白兔想。

可是怎么变呢？她想啊想，突然想起，像折纸那样把耳朵折起来就行了。

于是，她忍着痛，把耳朵对折，再用胶布把它固定住。她走到镜子前，仔细看了看，又扭了

扭身子,得意地对自己说:"这回美多啦!"

小白兔自以为很美了,就蹦蹦跳跳地往山上走。蹦着跳着,小白兔遇到了好朋友小灰兔。

"你的耳朵怎么啦?"小灰兔看着小白兔的耳朵,不解地问。

"我的耳朵短多啦。你看,美多了吧?"小白兔得意扬扬地说。

"哎呀!你太傻啦,这样会影响听力的。"小灰兔责备道。

"哼,别说我了!你看你的长耳朵多难看!"小白兔没有听小灰兔的话,反而生起气来。

两个好朋友都不说话了,闷闷不乐地往前走。突然,小灰兔听到草丛里有响声。

"注意!前面有响声。"小灰兔连忙停

下脚步对小白兔说。

"我怎么没听见?风吹草动你都害怕,真是胆小如鼠!"小白兔继续向前走。

没走多远,小灰兔又听见了响声。"停下!像是狼踩动石子的声音。"小灰兔连忙拉住小白兔,紧张地说。

"哪有声音?你今天怎么啦?如果你害怕,我就自己走啦。胆小鬼!"小白兔还是继续往前走。

没走几步,突然,从前面不远处的草丛里窜出一只大灰狼。小白兔吓呆了。

"快跑!"小灰兔一边喊,一边拉起小白兔跑向树林。幸好他们跑得快,没有被大灰狼抓住。直到翻过一座山,他们才停下来。

"小灰兔,为什么你听出了声音,而我没有听出来呢?"小白兔问。

"谁叫你折起耳朵呀!我们的耳朵长长的,上面口大,下面口小,才听得清声音。你把耳朵折起来,上面的口也小了,当然没有我听得清。这就像漏斗一样,口大进的水才多。"小灰兔耐心地解释。

"我懂了。可是,我想漂亮呀。"

"其实,我们长长的耳朵很美的,很多小朋友都喜欢我们的长耳朵。"

小白兔点点头,连忙撕下胶布,长长的耳朵又竖起来啦。

两个好朋友手拉手往回走,一边走一边唱:"小白兔,白又白,两只耳朵竖起来……"

知识链接

兔子的长耳呈管状,尾巴短,后腿强健且比前腿长很多,善于跳跃,跑得很快。

第二辑
植物王国趣事

植物是动物和人类生存的保障。它们同动物和人类一样,都是生命体。它们不是静止不动的,也在不断变化着。植物王国多姿多彩,植物世界趣事多多。走进植物王国,它们的故事,同样精彩纷呈,同样能让你获益多多、流连忘返。

小红花

张 慧

花园里有一朵小红花,她有绿色的叶子、粉红的衣裳、高高的个子,真漂亮!

风娃娃看见了,来和她游戏;蜜蜂姑娘看见了,来为她跳舞。

风娃娃说:"小花小花,美丽的小花,你真漂亮!"

小红花听了,高兴得点点头。

蜜蜂姑娘说:"小花小花,美丽的小花,你真香!"

小红花听了,红红的脸上露出笑意。

风娃娃说:"小红花,让我们做好朋友吧,我为你吹风,让你跳舞,好吗?"

小红花摇摇头，说："那可不行，你会吹破我的绿叶子和红衣裳的。"

蜜蜂姑娘说："小红花，让我们交个朋友，我为你跳舞、唱歌好吗？"

小红花摇摇头，说："不行不行！你乱飞乱叫，我会心烦的。"

风娃娃走了，蜜蜂姑娘也走了。她们去和别的小花玩了。

小红花孤孤单单地站在那儿，大家都不愿意理睬它了。

小红花慢慢地成熟了，她需要传粉结果实了。可是谁来帮她呢？风娃娃不来了，蜜蜂姑娘也不来了。这可急坏了小红花，如果不能传粉，就不能结果实了。小红花很后悔当初气走了风娃娃和蜜蜂姑娘。她带着羞愧之情大

声呼唤——

"风娃娃,蜜蜂姑娘!我错了,以后再也不骄傲了。让我们做永远的朋友吧!"

风娃娃和蜜蜂姑娘听见了,知道小红花认识到了错误,都赶过来帮忙了。

秋天,小红花结出了果实。

知识链接

花卉按照授粉的方式可分为风媒花和虫媒花两大类,风媒花的花粉较轻,可以靠风传播授粉;虫媒花的花粉较重,这类花在蜜蜂采集花蜜和花粉时传递花粉,以达到授粉的目的。

白菜的客人

张 倩

大白菜和小白菜都是蔬菜。她们虽然不是亲姐妹,却是好朋友。大白菜的叶子是椭圆形的,叶子很多,一层包着一层。小白菜又叫"青菜",叶子不少,也是椭圆形。她们的生日是同一天,便通知蔬菜家族的成员都来参加生日晚会。

通知

蔬菜家族的成员们:

今天是我们的生日,欢迎你们来参加生日晚会。

大白菜和小白菜

"通知"贴出去不久,就有人敲门。大白菜赶快去开门。

"祝你们生日快乐!"进来的是长着椭圆形叶片的卷心菜。她的叶片层层包裹着,像一个大圆球,有趣极了。

"欢迎你参加我们的生日晚会!"大白菜礼貌地请她进来。

大白菜正准备关门,又传来"生日快乐"的祝福声。大白菜一看,原来是花菜来了。花菜身穿绿色短裙,又白又胖,像个大花球,很美丽。

大白菜连忙请她进来。

大家刚坐下,又传来"咚咚"的敲门声。这次来的是韭菜、菠菜和芹菜。她们都披着绿色的外衣,非常美丽。韭菜的绿叶扁而长,迎风招展；菠菜椭圆形的叶片楚楚动人；芹菜的叶片香味扑鼻。

大白菜连忙把三位美人请进屋。

大家刚坐定，又传来敲门声，大白菜急忙开门。

"祝大白菜生日快乐！也祝小白菜生日快乐！"

大白菜一看，来了好多客人——萝卜、胡萝卜、西红柿、茄子、辣椒、洋葱、马铃薯。

"你们也是蔬菜吗？"大白菜惊讶地问。

"当然是呀！"萝卜上前说，"我和胡萝卜的根又肥又大，很好吃。"

"我们的名字里虽然没有'菜'字，可我们也是蔬菜家族的成员。"西红柿说，"我们的苗儿很高，我们就结在苗上，成熟后才被摘下来。"

"哈哈，我们是长在地下的！"马铃薯抢着

说,"也是美味啊。"

"大家请进来!"大白菜高兴地说。

生日晚会正要开始,又响起"咚咚"的敲门声。大白菜打开门,进来的是冬瓜和南瓜。

"你们有事吗?"大白菜问。

"祝你们生日快乐!我们也来参加生日晚会。"冬瓜说。

"你们也是蔬菜家族的成员吗?"

"当然是!"南瓜连忙解释,"我们的藤条是绿色的,叶子也是绿色的呢。"

"那西瓜怎么没有和你们一起来?"大白菜接着问。

"西瓜不是蔬菜家族的成员,她是水果家族的成员。"冬瓜笑着解释。

大白菜连忙把客人请进来。

不一会,屋里传来"生日快乐"的歌声,生日晚会开始了。

知识链接

蔬菜有的是草本植物,如白菜、萝卜、黄瓜、洋葱、扁豆等,也包括一些木本植物的嫩茎、嫩叶和菌类,如香椿、蘑菇等。

笋芽儿

张涤非

温暖的东风吹来,美丽的春姑娘披着轻纱走来。竹妈妈身边的小草探出了尖脑袋,喝足了春水后,越长越高,他乐得唱起歌:"春天到,春天到,草儿绿,花儿俏。"

这歌声传到了竹妈妈的娃娃——笋芽儿的耳朵里。笋芽儿想:"外面的世界这么美,我也该瞧一瞧。"于是,她向竹妈妈请求:"妈妈,妈妈!春天来了,我要出去!"

竹妈妈一听,摇摇头说:"再等几天吧,外面还有些冷。"

"不!小草都不怕,我还怕吗?我一定要出去!"

笋芽儿说着就要往外钻。

"等一等！"竹妈妈连忙拦住她，"如果你真想出去，妈妈也不拦你，不过你要多穿几件衣服。"

一听妈妈答应了，笋芽儿的心里别提有多高兴了。她穿着妈妈给她套上的一件又一件衣服，努力向地面钻去。

当笋芽儿终于钻出地面时，她的眼前一片光明，小草向她点头问好，花儿向她微笑祝贺。

"沙沙沙"，春风吹来，好像在说："笋芽儿，快长大。"

"淅淅沥沥"，春雨来了，好像在说："笋芽儿，长高吧。"

笋芽儿听见了，把身子挺了挺，她真的长高了。

这时，小燕子从南方飞回来，看见笋芽儿穿着那么多衣服，笑着说："笋芽儿，我一点儿也不觉得冷，你冷吗？"

笋芽儿低头看看自己，连忙脱下了几件衣服。

沐浴着春风，喝足了春雨，笋芽儿越长越高。她的个子超过了踢皮球的男孩，超过了跳绳的女孩。可是，她还穿着好几件衣服呢。

小草看见了，抬头说："你为什么穿这么多呀？你瞧我，什么也不穿也不觉得冷呢。"

笋芽儿看看小草，又看看自己，连忙将自己的衣服一件一件地脱下。

就这样，笋芽儿一边生长，一边脱去衣服。

当她脱尽衣服时，她发现自己已经不是笋芽儿，而是竹子了，长出了枝条和嫩绿的叶子。

知识链接

竹为多年生常绿草本植物。竹笋是竹的幼芽,也称"笋"。它营养丰富,是健康食品。

小苍耳的"铠甲"

卢 芳

金黄色的秋天来了。

蒲公英的妈妈为自己的娃娃准备了一把白色的降落伞。小蒲公英背着伞,悠悠地飘向天空,去别处安家了。

豆娃娃躲在豆荚妈妈的肚里,被太阳公公照着照着,突然"啪"的一声,豆娃娃被弹出老远。小豆也有新家了。

小苍耳看到蒲公英姐姐、小豆妹妹都安了新家,心里很着急,就问妈妈:"妈妈,我没有降落伞,也没有太阳公公帮忙,我怎么安家呀?"

苍耳妈妈笑笑说:"孩子,你急什么?妈妈都为你准备好了。仔细看看你的外衣。"

小苍耳低头打量自己，呀！她这才发现自己的外衣上布满了尖刺。她吓得大叫："妈妈，我不要！别人看见我身上的刺，就不敢碰我了，我更没办法安家了！"

妈妈一边笑，一边抚慰小苍耳："傻孩子，这是妈妈特意为你穿上的'铠甲'，有了它，你就可以走遍天下、随处安家。等着吧，不久你就会知道的。"

小苍耳没有再说什么，但还是放心不下。

第二天，一只小白兔路过，不小心碰上了小苍耳，小苍耳牢牢地挂在小白兔的毛上。

就这样，小苍耳被带到别处安家了。

小苍耳这才明白"铠甲"的用处。

知识链接

苍耳一般生长在平原、丘陵、低山、荒野以及田边。它的全株都有毒,种子的毒性最大。

小猪种蚕豆

孔德兰

大家开始种蚕豆了。小羊送给好朋友小猪三粒蚕豆种子。小猪也想把它们种下地。

"一粒种子会长成一株蚕豆苗,又能结出许多蚕豆,那该多好!"小猪就这样决定了。

可是,种子该种在哪儿呢?小猪想:"我得把它们种在三处不同的地方,看看它们在哪儿长得最好。"

第二天,小猪起了个大早,他把第一粒蚕豆种子种在屋檐下,那儿雨水淋不到,土壤格外干燥。他把第二粒蚕豆种子种在田里,那儿阳光充足,土地肥沃,土壤湿润。他把第三粒蚕豆种子种在池塘里,清清的水淹没了

种子。

三粒蚕豆种子种下地,小猪高兴地回家,呼噜噜地睡起觉来。在梦里,小猪看见三株豆苗缀满豆荚,像一串串小铃铛,有趣极了。

几天过去,小猪去看种下的种子。他先看了种在屋檐下的种子,它还没有发芽。接着小猪去看种在池塘里的种子,它也没有发芽。最后来到田边,小猪兴奋得差点翻了个跟头,种子长出了嫩芽,白白的,可爱极了。小猪趴下身子,左看右看,脸上笑开了花。

当小猪站起身后,他不禁想起了屋檐下和池塘里的种子,它们是一同种下的,为什么只有一处发芽了呢?小猪连忙去请教好朋友小羊。

小猪说完后,小羊急得直跺脚。他说:"种子的生长离不开空气和适宜的水分。屋檐下的土壤干燥,缺少水分,种子当然不发芽;池塘里水又太多,缺少空气,种子是不可能发芽的。你呀!"小羊埋怨说。

"我做了一件傻事。"小猪很后悔。

知识链接

大多数种子发芽需要有一定的水分、适宜的温度和充足的空气,有的种子发芽还需要阳光照射。

爬山虎

曹峰

在绿色王国中,有一种长着脚、会攀爬的植物,他的名字就叫"爬山虎"。

爬山虎生长在大地妈妈温暖的怀抱里,吸收着大地妈妈送给他的水分和营养,沐浴着太阳公公温暖的光辉,长出了嫩红的叶子。

爬山虎看到小树们有笔直的腰杆,长得高过了墙头,心里很着急,就问大地妈妈:"大地妈妈,我也要长得像小树那样高。可是,我的腰杆这么柔软,怎么长高呀?"

大地妈妈笑笑说:"孩子,别担心,你还小呢,尽管长吧,妈妈会有办法的。"

爬山虎一天天地长大,他的叶子也由嫩红色变成嫩绿色,而且一顺儿朝下。

过了几天,爬山虎突然发现,他长出脚来了。就在茎上长叶柄的地方,长出好几根细丝,红红的,这就是脚啊。

爬山虎伸出脚向墙上走,那细丝的一端就长成小圆片,灰灰的,吸住墙。就这样,他一步一步地往上爬。爬山虎乐坏了,兴奋得大叫:"我长高了!我长高了!"

大地妈妈听着,慈祥的脸上泛起了笑容。

有了脚,爬山虎的信心更足了。他一边小心翼翼地往上爬,一边把自己的绿叶均匀地铺在墙上。经过几十天的不懈努力,爬山虎终于爬上了墙头。小树看见了,连连称赞:"爬山虎真了不起!"

"只要努力，就一定能获得成功！"爬山虎笑着说。

知识链接

爬山虎一般在夏季开小小的黄花，浆果是蓝黑色的。它能攀爬在墙壁和岩石上。爬山虎的根茎可以做药。

谢谢蚯蚓

姚敏淑

春姑娘来了,冰雪融化,东风徐徐,燕子飞回来了。睡在土壤妈妈怀里的草根醒了,他打了个哈欠,伸了个懒腰,觉得暖和多了。他还不知道自己已经睡了一个冬天呢。

"太渴了,我得先喝口水。"草根挺了挺身子,美美地喝起水来。

"草根兄弟,你醒啦?"

身边突然传来问话声,草根吓了一跳。会是谁呢?

"你……你是谁?"草根慌慌张张地问。

"草根兄弟,不用害怕,我是你的好朋友蚯蚓呀!"原来是"松土能手"蚯蚓。

草根这才放心了。他用力挺了挺身子,说:"蚯蚓兄弟,现在是什么季节了?"

"哈哈,现在是春天啦!难道你感觉不到暖和吗?"蚯蚓回答。

"照这么说,我已经睡了一个冬天呀!"草根吃了一惊。

"对呀!"蚯蚓蠕动了一下身子,说,"去年冬天,尽管你的叶子都被冻死了,但你仍然活着,只不过一直在睡觉。现在,春姑娘来了,你该长出新叶啦。"

"是啊!怪不得四周这么黑,而我记忆中的大自然是一片光明。"草根自言自语。

想到这儿,草根忍不住动了动身子。就在这时,草根上长出了白白的嫩芽。

蚯蚓像是懂得草根的心思似的,蠕动着身

子来到他身边,说:"草根,如果你想伸出头,我来帮你!"

"谢谢蚯蚓兄弟!"草根感激地说。

有蚯蚓帮忙,草根上的嫩芽越长越大。

有一天,嫩芽用足了力气,一抬头,眼前一亮。

啊,原来他钻出地面了。

嫩芽兴奋得大叫起来:"我长出来了!我长出来了!"

听见了叫声,虫儿们跳过来,小燕子飞过来……他们一起吟诵小草的诗歌——

离离原上草,

一岁一枯荣。

野火烧不尽,

春风吹又生。

知识链接

蚯蚓的身体呈圆柱形,分成一节一节的,共有100多个体节,没有骨骼,雌雄同体。地球上已知的蚯蚓有2500多种,达尔文称它是"地球上最有价值的动物"。它主要吃土里的腐殖质。

第三辑
大自然寻秘

大自然中总有各种各样的问题，让我们思考，引我们探究。

大自然中发生的有趣故事，是那么精彩，那么让人着迷。

你看，快要下雨了，动物们会有什么表现？彩虹知道自己错在哪儿了吗？冬天要来了，植物们如何过冬……

让我们一起在大自然这个课堂里来学习。

彩虹知错了

陈龙银

雨过天晴,天空中出现了一道美丽的彩虹。

画家见了,连忙拿来纸和笔,给彩虹画了一幅美丽无比的画。

诗人见了,激动地吟诵出赞美彩虹的诗:"雨过天晴出彩虹,好像飞桥架天空。"

小朋友们见了,兴奋得拍着手欢呼。

彩虹听了,见了,得意地昂起头,骄傲地说:"我是多么美丽!红、橙、黄、绿、青、蓝、紫,我身上披的是真正的七彩衣!世界上谁也没有我美!"

白云听了彩虹的话,看着她那得意忘形的

神态，劝告她说："彩虹，别太骄傲了！如果没有太阳的照耀，你就不会有美丽的七彩衣！"

彩虹听了，非常恼火，她气冲冲地说："白云，看看你丑陋的模样吧。我想你一定是在嫉妒我的美丽。就是没有太阳的照耀，我也会光彩照人的！太阳算什么！"

太阳听了彩虹的话，心想："应该给彩虹一个教训，让她懂得尊重别人，让她明白骄傲的害处。"

于是，太阳便躲进云层。很快，彩虹的七彩衣不再光彩夺目，而是越来越暗，不一会，美丽的七彩衣便消失了。

彩虹伤心极了。这时，白云又对她说："现在，你该明白，如果没有太阳的照耀，你就不会有美丽的色彩。"

听了白云的话,彩虹惭愧地低下了头。

太阳知道彩虹认识到了自己的错误。于是他从云层里钻了出来,七色彩虹又出现了,还是那么美丽。不过,她不再骄傲了,只想着带给人间一份美丽。

知识链接

当空气中积聚大量的小水滴,阳光照射在小水滴上时,便会形成拱形的七彩光谱,这就是"彩虹"。

谢谢火

[苏联]尼·巴甫洛娃

松树们是喜欢太阳的。她们故意把自己纤细的长针叶又长开一些,好叫太阳光照进来。

"让咱们松林里的老老少少,都因温暖、明亮的太阳而感到欢乐吧。"松树们说。

太阳光从松树的针叶间穿过,一直照到地上。地上有松树的孩子们在成长——那是些结实、蓬松的小松树;再往下,是草莓在开花、结果。快到秋天的时候,从土里又钻出一些矮矮胖胖的白蘑菇。一派和平景观。

可惜好景不长。灾难来自邻近的森林,那里有一片茂密的云杉林,散发着潮腐和烂针叶的

气味。那些好争吵、爱嫉妒的云杉,可以清清楚楚地看见松树林,因为松树林生长在较高的地方,树枝伸展得很远。

"松树好运气,抢到了顶好的地方,"嫉妒心重的云杉闹哄哄地说,"为什么我们云杉不在那里生长?"于是,他们想了一个主意:派自己的孩子们——有翅膀的云杉种子——到明亮的松树林里去,跟松树打仗。"别叫太阳光照进松林里去,"云杉妈妈对孩子们说,"只要把所有阳光的入口都堵死,你们就可以战胜他们,那时,整个松林就都归你们了。"

于是,在松林里长出一些阴郁的、带刺的小云杉。他们用毛蓬蓬的树枝拦住太阳光的一切道路。地面越来越昏暗,越来越潮湿。

蓬松的小松树消瘦了;草莓在树荫里闷得

受不了，就悄悄地往旁边的空地上爬去；小矮胖子白蘑菇再也不能生活下去了。

等老松树发现这批不速之客时，已经很迟了：小松树站在昏暗、潮湿的地方，已不再是结结实实、蓬蓬松松的了，他们细瘦得像小草，回忆着和蔼可亲的太阳，回忆着红红的草莓和健壮的白蘑菇。

"孩子们会死掉的，"老松树们害怕了，"不行，再不管可不行了，我们得保卫我们的下一代，保卫我们的家乡！"他们商量怎样消除灾难、战胜敌人。松树们想啊想，决定向风求援。

"好吧，"风说，"我尽力。"他使出全身力气，朝松树林冲了过去！松树们摇晃了一阵子，但是挺住了，因为松树的根在土里扎得深，

能站得稳稳的。云杉则不然,他们被狂风一吹,乒乒乓乓,一棵一棵都倒在地上了,因为云杉的根不是往深里扎,而是向旁边长的。

"谢谢你,风,谢谢你的帮助!"松树们高兴地说。虽然风是收拾了不少云杉,但活下来的云杉比死云杉还是多,因为风只能在森林边上"当家做主",森林深处他却进不去——有树木挡着。

松树们又聚在一起商量。他们想呀想,最后决定向地下水求援。

"好吧,"地下水说,"我尽力。"他就更深地钻到地底下去了。松树没什么可愁的,他们可以从地下吸收水分,喝个饱,因为松树的根深深地扎在土里。云杉可喝不到水了,因为他们的根不是往深里长,而是向旁边长的。

不久,云杉便一棵接一棵地干枯了。

"谢谢你,地下水,谢谢你的帮助!"松树们可高兴了。可是在地势低的地方,有的云杉靠雨水还能生存。

松树们看到地下水仍没能将云杉全部消灭,着急了。他们想了半天,决定向火求援。

"好吧,"火说,"我来完成这项工作吧!"于是他从一堆被人遗忘的篝火里跑出来,顺着干针叶、球果和草地往前跑。沿途,他把什么都点着了,什么都烧掉了,火越燃越旺。火闯进森林深处,把土地烘干了、烤红了,把地下的树根烧焦了。松树没什么可愁的,他们的根扎得很深,热气达不到那里。云杉的根

扎得很浅,因此云杉的根被火烤得焦透了。森林里的云杉,一棵一棵都枯死了。火把云杉全部歼灭,一棵也没留下。

松树们吁了一口气,安心地说:

"谢谢你,火,谢谢你的帮助!谢谢你拯救了我们!"

"我答应过帮助你们,我实现了诺言,"火回答,"不过,你们可小心点,别把我惹恼了!否则我会顺着树干往上爬,从一棵树蹿向另一棵树。这种火,是会把一切都毁掉的,树木会被烧光,变成一些焦木头!你们可得小心哟。"

火说完这话,就走了。松树们又过上了快乐的生活,一个夏天都有太阳。阳光一直照到地上。松树的孩子们——结实、蓬松的小松树们在阳光下成长;下面一层,草莓在开花、结果。后来,快到秋天时,从土里钻出许多矮矮胖胖的白磨菇。一派和平的样子。

知识链接

松树对生长环境的适应性极强。它们能在-60℃~50℃的温度及贫瘠的土壤中生长,耐干旱,喜欢阳光。云杉为多年生长绿乔木,生长在海拔2000~3800米的山区与河谷。云杉不能适应空气被污染的环境,生长缓慢。大片云杉远望就像白云一样,所以被称作"云杉"。

玻璃窗上的小水珠

胡祁人

小熊家买了一台空调,是冷暖两用的。

冬天,空调吹出暖暖的风,屋里很暖和。

小熊在家穿着薄衣裳,舒服极了。

玻璃窗上挂着小水珠。小熊好奇地走过去,用手一抹,玻璃上就留下几道长长的水渍。小熊在玻璃上写下"空调真好"几个字。

夏天,空调吹出了凉凉的风,屋里很凉快。小熊在家,一点儿也不热,舒服极了。

玻璃窗上又挂着小水珠。小熊又走过去,想在上面写字。

咦,玻璃怎么干干的,一个字也写不上去?

小熊仔细地瞧了瞧,原来小水珠被关在玻璃外面。

小熊糊涂了:为什么冬天小水珠在家里,而夏天小水珠却跑到外面去了呢?

聪明的小朋友,你能回答小熊的问题吗?

知识链接

无论冬天还是夏天,室内外都有水蒸气。冬天,当室内温度偏高的水蒸气遇到冰凉的玻璃时,就凝结成水,所以小水珠在室内;夏天,当室外温度偏高的水蒸气遇到冰凉的玻璃时,就凝结成水,所以小水珠在室外。

小房子

[俄罗斯]维·比安基

森林里长着一棵老橡树。

嘴巴尖尖、头戴红帽的啄木鸟飞来了,她在树干上啄出了一个很深的洞,然后住进洞里。一个夏天过去,啄木鸟把孩子孵出来,就飞走了。

第二年夏天。

白头翁看见橡树上有个洞。"这做我的小房子不好吗?"她这么想着就大声地问:

"喂,谁住在里头?"

没有人回答,小房子是空的。

白头翁往树洞里堆了些细树枝和草茎,就住了下来。一个夏天过去,她孵出了一群儿女。接着，她在这个树洞住了一年，又住了一年。

老橡树越来越老，干枯了，树洞变得比以前宽大多了。

第三年，黄眼猫头鹰飞来，橡树上的大洞吸引了它。它在大洞口问：

"小房子，小房子！谁在里头住呀？"

"尖嘴红帽的啄木鸟在这里住过，现在是我在这里住。我是白头翁，林中歌唱家。你是谁？"

"我是猫头鹰。你要是落到我的爪下，可就唱不成歌了。我会在半夜突然飞来抓住你，再把你撕碎吃掉。趁你现在还活着，给我把这小房子腾出来！"

白头翁当然惹不起猫头鹰，就飞走了。

猫头鹰在洞里垫了点自己的羽毛，就住下了。

猫头鹰一住住了两年。随着老橡树的朽烂，树洞越来越大了。

第三年，来了只松鼠。松鼠看上了这狗头般大的树洞，就向里头问：

"小房子，小房子，谁在里头住？"

"尖嘴红帽的啄木鸟在这里住过，林中歌唱家白头翁在这里住过，现在是我在这里住，我是猫头鹰。你要是落到我手里可就没命了。你是谁？"

"我是松鼠，我喜欢在枝头跳跳，在树洞里蹲蹲。我的牙齿又尖又长，跟一排钢针似的。趁你还活着，快把房子给我腾出来！"

猫头鹰觉得松鼠的牙齿碰不得，便飞走了。

松鼠叼来些干苔藓垫在树洞里，就住了下来。

松鼠住了两年。老橡树朽烂得更厉害,树洞更大了。

第三年,跑来一只貂。它看上了这个树洞,就问:

"小房子,小房子!谁在里头住?"

"尖嘴红帽的啄木鸟在这里住过,林中歌唱家白头翁在这里住过,猫头鹰,它的爪子可厉害了,他在这里住过,现在我住在这里,我是松鼠,喜欢在枝头跳跳,在洞里蹲蹲。你是谁呀?"

"我是貂,抓着小野兽,我就'嚓'地把他干掉。我比黄鼠狼还厉害,惹了我可不是好玩的。趁你还活着,快把房子给我腾出来!"

松鼠可不敢惹貂,就一蹦一跳地搬家了。

貂只往树洞里铺了一点自己的毛,就住下了。

它一住住了两年。老橡树愈发朽烂了,树洞越来越大。

第三年,一群蜜蜂飞来,一看这橡树上的大窟窿,就"嗡嗡嗡"地绕着树,边飞边问:

"小房子,小房子!谁在里头住?"

"尖嘴红帽的啄木鸟在这里住过,林中歌唱家白头翁在这里住过,猫头鹰,他的爪子可厉害了,他在这里住过,松鼠,他喜欢在枝头跳跳,在树洞蹲蹲,他在这里住过,现在我——一只貂,杀起小野兽来,'嚓'——很利索的。你们是谁?"

"我们是蜜蜂,我们飞来,像一团乌云,一边飞旋一边嗡嗡叫,谁见我们都怕。趁你还活着,快把小房子给我们腾出来!"

貂怕蜜蜂蜇,就逃跑了。

会唱歌的尾巴

蜜蜂运来好些蜂蜡,在树洞里住下来,一住住了两年。两年过去了,老橡树朽烂得更加厉害,树洞越来越大。

第三年,狗熊看见这大树洞有窗户这么大,就问:

"小房子,小房子,谁在里头住?"

"尖嘴红帽的啄木鸟在这里住过,林中歌唱家白头翁在这里住过,猫头鹰,他的爪子可厉害了,他在这里住过,松鼠,他喜欢在枝头跳跳,在树洞蹲蹲,他在这里住过,貂,他杀起小野兽可利索了,'嚓'——一条命就完了,他在这里住过,现在是我们,一群蜜蜂,飞起来像一团乌云,我们住在这里。你是谁?"

"我是狗熊。我给小房子当房顶,再合适也没有了!"

狗熊说完就爬上橡树,把头伸进树洞,拼命往下压。

"哗啦",橡树裂成了两半,洞这边垮了下来,积在里头很多年铺垫用的东西都露出来了:兽毛、羽毛、草茎、尘土、蜂蜡……小房子,没有了。

知识链接

森林里的小动物是互相制约的。比如说,白头翁害怕猫头鹰的利爪和尖嘴,猫头鹰又害怕小松鼠尖利的牙齿,小松鼠又害怕凶猛的貂,貂又害怕蜜蜂的毒刺……大自然在互相制约中得以平衡。

春天的报信者

[法]黎 达

"咕咕,咕咕!"杜鹃在树林的上空飞翔,在草地上飞翔,它一边飞,一边歌唱。春天就这样开始了。草地上散布着雏菊,风吹动新近变绿的树枝。

鸟们都来了。不久,灌木丛里和树枝都被鸟们选为做窠的地方。有的鸟找到了去年的旧窠,这是多么好的运气啊!当然,旧窠需要修补修补才好居住,因为秋风和冬雪把这些窠弄得破破烂烂的。这不算什么事,鸟们很快就把一切都整理好了,马上有了一种回到老家的感觉。

鸟们一对一对地动手干活:搬运稻草,

搬运马身上掉下来的毛,搬运挂在荆棘上的羊毛,还搬运黏土、羽毛和草。他们在天空中来来去去,非常忙碌!他们离开树枝时唱着歌,回来时闭着的嘴里衔着东西。

窠都修补好后,无忧无虑的鸟除了在白天唱歌之外,没有别的工作了。太阳刚刚升起,他们就唱起歌来,太阳落下去时,他们也没有声音了。

他们飞行,他们唱歌,他们是幸福的。但是,有一天,"咕咕,咕咕!"杜鹃在树顶和灌木上飞翔,所有的鸟都吓得不做声了。不多一会儿,鸟们发出了愤怒的叫声:"强盗!撵走她!"

杜鹃已经飞远了。鸟们一起重新唱起柔和的歌。虽然杜鹃像闪电似的飞过,可是她已经瞧见:知更雀的窠隐藏在灌木里;山雀的

家在老橡树上；斑鸠用灌木的细枝，在松树上做了一个大窠。

"咕咕！咕咕！"

黄昏时，杜鹃的黑影降临。

"杜鹃来了！杜鹃来了！"那些小嘴一齐发出警报。于是每个窠里都传出这样的声音：

"撵走她！保护我们的窠！"

鸟妈妈们一起行动起来，飞出了窠，离开她们的卵。知更雀、山雀、金翅雀和鸸一下都变成了猛禽，连落在后面的小小的鹪鹩，也跟着叫喊冲杀。

"咕咕！咕咕！"杜鹃消失在树丛里。可她兜了一个大圈子，又回到小森林，而那时鸟们还在笔直地向前搜索她。她不声不响地停在山雀住的橡树上，像小偷那样，不安地望望四周,就把头急速探进山雀的隐藏得很好的窠里,探了四次,把四只小卵弄出窠外。然后她栖身在苔藓上面,激动地颤抖着。当她站起来时,已在那里留下一只卵,一只杜鹃的卵,这只卵比山雀的卵大得多,颜色一样,也是白色中夹杂着青铜色的斑点。于是,杜鹃张大嘴,把还有点热的卵,慢慢地衔到山雀的窠里。

山雀回到窠里,就痛哭起来,哭声一直传到树林的深处。"我的卵,我亲爱的卵呢?"她在橡树脚下找到了破碎的卵,在窠里发现了一只杜鹃的卵!她的羽毛一根根竖起来,目不转睛地注视着那只卵。"西脱!西脱!"她叫了起来。她是在可怜这个孤儿,她开始爱他,并且立刻孵着杜鹃送给她的这只大卵和杜鹃没有弄掉的自己的两只小卵。

会唱歌的尾巴

杜鹃呢,飞到那片古老的森林里去了。她一动不动地待了好久,似乎在沉思她的不可思议的生命。大自然妈妈没有教会她抚养和疼爱孩子的本领,她不会做窠,不会孵卵,所以要把自己的卵放到别的鸟窠里。

"咕咕!咕咕!"大地苏醒了。"咕咕!咕咕!"树木变绿了。"咕咕!咕咕!"小河解冻了。他们是春天到来的报信者。

十二天后,山雀妈妈的孩子出世了。又过了几天,杜鹃娃娃才在壳里骚动。他"笃笃笃"地用嘴击着卵壳,再用脚帮着敲,才钻了出来。

山雀妈妈看看他,有点惊讶。

"啁嘶,啁嘶!"杜鹃娃娃生气地叫着。

"西脱,西脱!是了,来了!小家伙,别心急,马上就去搞吃的。"山雀妈妈说完就急忙飞出去了,她去给这个大头娃娃找寻食物。

这时,杜鹃妈妈赶来了。"咕咕!咕咕!你出来了!我已等你好久了!"说完,便高兴地回到森林里了。

知识链接

杜鹃身体呈黑灰色,尾巴上有白色斑点,腹部有黑色横纹,初夏时常昼夜不停地叫。它吃毛虫,是益鸟。

天气预报

薄其红

春光明媚的早晨,小花猫伸了个懒腰,眨巴眨巴眼睛,看了看外面,想:"今天真是个好天气,我到哪里去玩呢?对了,去对面的山上,听说那里可好玩了。"

小花猫对着镜子理了理毛发,戴上粉红色的蝴蝶结,美美地出门了。

鸡大哥正在鸡笼外面一边"咯咯"地叫着,一边不停地转圈,看见小花猫他停下来问:"小花猫,你打扮得这样漂亮要去哪里呀?"

小花猫说:"我要去对面的山上玩!"

"哎呀,别去了,就要下大雨了,淋雨会生病的。"鸡大哥认真地说。

"太阳公公还在天上看着我们呢,哪有雨呀?"

"早上起来我就感到闷得很,不想再回笼子,还有许多虫子贴着地面飞。只要出现这样的情况,就会下大雨。"

小花猫说:"我才不信呢,玩去了。"

小花猫来到山谷,看到到处都是盛开的鲜花,美极了!可是蜜蜂们并不采蜜,都慌慌张张地往蜂巢里飞。

小花猫挡住她们问:"蜜蜂姐姐,你们为什么不采蜜,都往回飞啊?"

"要下大雨了,小花猫,快回家吧!"

"哼,哪有雨呀,太阳公公还露着一半脸呢,我要去山上玩。"

蜜蜂说:"在下雨前,空气的含水量增多,

我们会因为翅膀沾上了小水珠而飞不动。只要出现这样的情况,就要下大雨。"

小花猫不以为然地摇了摇头,理了理蝴蝶结,继续向山上走。

刚到山顶,太阳公公就不见了,狂风卷着大雨倾盆而下。小花猫大惊失色,左右看看,没有地方可躲雨,急得哇哇大哭。

在附近山洞里度假的乌龟大伯听见哭声,从洞口伸头一看,赶紧招呼:"小花猫,小花猫,快来躲雨。"

小花猫听见乌龟大伯的喊声,立即冲进洞里。小花猫浑身都湿透了,蝴蝶结也不知掉到哪里去了,不停地打着哆嗦。

乌龟大伯说:"今天早上我背上开始出汗,我就知道天要下雨了。于是我就在洞里没出去了,

你怎么还往山上跑啊?"

小花猫一边抖着身上的水,一边说:"唉,都怪我!早上出门,鸡大哥、蜜蜂姐姐都对我说了要下大雨,可我看太阳公公高高地挂在天上,根本不信他们的话,非要到山上玩不可,所以……"说着,小花猫打了一个大大的喷嚏。

乌龟大伯赶紧帮小花猫擦干身子,又给他喝了一大碗热乎乎的汤。

雨停了,乌龟大伯嘱咐小花猫:"赶紧回家吧!出门前,可要注意观察天气。"

"知道了,谢谢乌龟大伯,再见!"

小花猫挥了挥手,一路小跑着回家去了。

知识链接

天快下雨时,大气的气压、空气的湿度都会发生变化,鸡、蝴蝶、乌龟等动物能够感知。这些动物是名副其实的"天气预报员"。

风雪小丫头

[俄罗斯] 阿·苏罗娃

冬季里一个快乐的日子,风雪妈妈生下了小风雪。小风雪是个活泼淘气的小姑娘,就知道寻开心!小风雪长得很快,因为刮大风雪的日子也就在冬天,冬天一过,风雪的生命就结束了,到了下一个冬天,又会有新生的风雪。

小风雪长大了,风雪妈妈就让她到外头去看看、走走。

小风雪戴着白绒绒的帽子,裹着蓬蓬松松的白袄。她的小白袄是妈妈用最上等的白雪做成的,又轻又软。她脚上穿的靴子也是由白绒绒的雪制成的。

起先，小风雪摆动着白袄的袖子，和周围飞旋的雪花跳着魔舞。随后，她小脚一跺，雪花调皮地在阳光里迸射出奇艳的异彩。

小风雪笑啊，跑啊，脚尖很少触到地面。

她在城市的大街上跑着，在楼群之间滑行；她把雪花从睡意蒙眬的苹果树上抖下来，撒在自己的身上。

忽然，她看见一个人。那人仿佛根本不把呼啸的风雪当回事，挺着身子直往前走。他根本不怕她小风雪。

"我这就用我的风雪把他围困住！"小风雪想着，就边狂旋边跑，跑到那人的前头，直扑打他的脸。但那人无所畏惧，笑着伸开双臂，敞开了衣领。

小风雪着实生气了。她拚命扑打那人，把

雪往他脸上撒。然而那人根本不在乎,依然挺着胸,大步往前走。

小风雪碰了壁,于是她泄气了,不想蹦跳,不想飞舞,不想旋转了。

后来,她看到一个去上学的一年级小姑娘。小姑娘弓着腰,背着个沉甸甸的蓝书包。书包上积着雪,小姑娘像背着一朵大蘑菇似的。

"把小姑娘给冻住,怎么样?"小风雪想。

她又高兴了,来了劲。她在小姑娘周围旋转着,使劲往下抖着雪。小姑娘把手插进袖管里继续走。最后她站住了,看不清该往哪个方向走,在风雪中,学校不知消隐到哪里去了。这个一年级小学生迷路了,"哇"的一声哭了出来。

小风雪旋转得更厉害了。这时，小风雪听见妈妈低沉的声音：

"你怎么不知羞，小风雪？难道可以去欺负年纪小的弱者吗？"

风雪妈妈一抬手，雪花就像一群受惊的小白鸟，从小姑娘的书包上飞落到小姑娘的肩膀上，接着躲进了大衣的褶子里。

美丽的太阳出来了，把大地照得光灿灿的。一年级小姑娘顿时抖擞起精神，她看见了学校，快步跑去上学，双腿"啪嗒啪嗒"地直碰她的长大衣。

风雪妈妈说："我们风雪要做的事情很多。我们还得去把田野、果园和森林全都严严地盖起来，这样春天一到，地里就有足够的水分，庄稼和蔬菜才能获得丰收，苹果和莓果才

能结得又多又甜。一月是我们干活的好月份,但是一个月的时间短得像麻雀的嘴巴,眨眼就过去,冬天就要过完了。到了三月,哪里还有你施展能耐的地方?你还能逃得了春天的追踪吗?咱们可一点也不凶恶,咱们得干活,咱们没有胡闹的时间。"

"我只是想闹着玩玩……我该做什么呢,妈妈?我心里倒是想做许多好事,可该做什么呢?我不知道。"

"你去欺负小孩子,尽惹妈妈生气,你还是跟在我后头干活吧。我给大地盖上一床厚被,你在天黑前给小枞树全都戴上温暖的头巾,要不然,他们会被冻坏的,他们还嫩着呢。"

小风雪乐了,旋转着:

"啊,好妈妈,你这主意想得可真好!我给

小枞树都戴上双层头巾,他们就冻不坏,能安全度过冬天了。"

知识链接

冬天,寒风凛冽,大雪飞扬,会给人们的生活带来很多不便。但是,大雪给很多植物盖上厚厚的"被子",不仅能使它们免于受冻,还能为它们保持水分,对其生长十分有利。另外,许多害虫在冬天被冻死了,这对植物都是有益的。

第四辑
生活与科技探奇

科技改变生活,你想探索其中的奥秘吗?

鼠国的"大力士"会是谁?动物们的叫声比赛谁是冠军?小牛和小猪是怎么救小鱼的?会融化的"玻璃"是什么?……

读了下面的故事,一个个问号就会被你拉直;同时,你会惊奇地发现——这些故事就发生在我们身边!

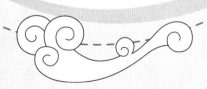

寻找鼠国"大力士"

陈龙银

鼠国王宫门前有一块大石头,据说,这是一块神奇的石头,只要让它离开地面一米,它就会立刻变成闪闪发光的金石。

这事很快传到国王的耳朵里,他很想得到这样一块金子。于是,国王找来八只鼠国力气最大的老鼠,让他们去搬这块石头。八名大力士一块儿用力,直到个个满面通红、浑身冒汗,才将大石搬离地面十厘米。

国王没办法,只好召集谋士讨论。讨论了两天两夜,直到大家一个个打起瞌睡,也没有谁能想出主意。国王无可奈何,只好贴出了一张告示。

告示

忠于国王的鼠国居民们：

王宫门前有一块神奇的石头，如果谁能将它搬离地面一米，本王就授予他"鼠国第一大力士"和"特别居民"的光荣称号，让他终身享受每日二十粒花生米的待遇。

鼠王哈哈（盖牙印）

"告示"贴出以后，鼠国沸腾了，上上下下都在议论这件事。各地大力士聚集到王宫前，想一试身手。尽管他们个个使出了浑身的力气，也没有谁能将大石头搬离地面一米。

三天过去了，大石头仍原样摆在王宫门前。

第四天，王宫门前来了一只瘦小的老鼠。

他坐到大石头上,声称自己能轻而易举地把大石头搬离地面一米。这话像一阵风一样,很快传遍鼠国的大洞小洞,所有老鼠都奔向王宫,想看个究竟。王宫门前老鼠云集,你挤我,我挤你,连王宫两边的门卫也被挤到了宫里。

这时,瘦老鼠从大石头上爬下来,拿出网绳,展开放到大石头的一侧,又在网绳边竖起一根绑着滑轮的架子,接着拿起一根木棒插进大石头的底部,又搬来一块小石头垫上。

准备工作做完了,瘦老鼠不慌不忙,猛地一压木棒的一端,大石头翻过来,正好压住了网绳。四周响起热烈的掌声。

瘦老鼠接着把套住滑轮的粗绳与网绳拴在一起。只见他猛地拉动粗绳,大石头立

即离开了地面。围观的老鼠个个目不转睛地盯着,一动不动。

渐渐地,大石头离开地面有一米了。突然,"轰隆"一声巨响,大石头发出了万道金光,刺得大家睁不开眼睛——大石头变成了金石。

好半天,老鼠们才清醒过来,他们使劲鼓掌,一起欢呼:"大力士!大力士!"掌声和欢呼声惊动了国王,国王立即跑到王宫门前。看见了闪闪发亮的金石,他兴奋得跳起了舞。

之后,国王来到了瘦老鼠面前。

"我亲爱的天下第一大力士,你这么瘦小,怎么能搬起这么重的金石?"国王激动地问。

"尊敬的国王陛下,并不是所有事情都能凭力气完成的,有时头脑比力气重要得多。"瘦老鼠平静地回答,"做任何事,首先应该动脑筋,

然后再行动。我们鼠国应该提倡这种精神,这种精神对付猫也将有很大作用。"

国王只听到了瘦老鼠的前半句话,后面的话没听见,因为那块金石完全把他吸引了。

结果,直到现在,老鼠在猫面前仍然显得很愚蠢。

知识链接

滑轮是一种可以绕着中心轴转动起来、周边有槽子的轮子。中心轴固定不动的叫"定滑轮",中心轴能移动的叫"动滑轮"。利用滑轮组不但省力,而且可以改变力的方向。

狐狸和狼

何 伟

一、手电筒的作用

大森林里的小动物们说,狐狸是世界上最聪明的动物。狼听了,很不服气。为了证明自己是世界上最聪明的动物,狼想尽办法要吃掉狐狸。

一天晚上,天阴沉沉的,没有月亮也没有星星,四周黑洞洞的。

狐狸拿着手电筒,独自出门找食物。他没走多远,就被狼发现了。狼见到了狐狸,高兴得哈哈大笑:"狡猾的狐狸,别人都说你比我聪明,今天我要看看谁比谁聪明!我一定要吃掉你!"

说完,狼张开血盆大口扑上来。

狐狸并不害怕,平静地说:"狼兄弟,慢一点!反正我就要死了,在我死之前,我把手中的这件宝贝送给你吧。"

狼不知道狐狸手里拿着什么宝贝,就瞪着眼睛仔细看。狐狸猛地打开手电筒,一道强光直刺狼的眼。狼顿时觉得眼前像是放起了烟花,五彩缤纷,什么也看不清。狼急坏了,胡乱地扑来扑去。

等到狼能看清东西时,狐狸早已溜得无影无踪了。

二、身后的"老虎"

狼上了狐狸的当,心里更加憎恨狐狸。为了找到狐狸,狼每天都在山上转来转去,

吓得狐狸一直闭门不出。

几天过去,狐狸没有吃的了,饿得无法忍受。

这天晚上,圆月悬空,照得大地如同白天一样亮。狐狸小心谨慎地出门找吃的,可是,没走多远,就碰见了狼。

狼见到了狐狸,什么也没说,拔腿就追。狐狸吓得没命地逃,可是,狐狸怎么也摆脱不了狼。

眼看就要被狼追上了,狐狸突然放慢脚步,大声对狼说:"狼兄弟,别光顾着追我,你回头看看,老虎追来了!"

狼一边跑一边回头看,身后果然有个黑乎乎的东西紧随着自己。狼以为真是老虎追来了,吓得顾不上追狐狸,没命地逃进了树林。

狐狸看了,不禁哈哈大笑。

原来,跟在狼身后的,是狼自己的影子。

三、山谷回声

不吃掉狐狸,狼怎么也不甘心。他每天都留意狐狸的行踪。

这天晚上,狼躲进树丛里守着,突然发现狐狸手里拿着一朵喇叭花,大模大样地走进了一个山谷。

山谷的两侧都是悬崖绝壁,前面是宽阔的水面,只要堵住谷口,狐狸就没有了退路。

这是多好的进攻机会!

狼兴奋得差点跳起舞来。他轻手轻脚地跟上去,心想:"狡猾的狐狸,今天你就是插上翅膀也逃不掉了!"

狐狸很精明,走着走着就听见狼的脚步声,知道狼跟上来了。

这时,狐狸举起了手中的喇叭花,对着它,朝

着山谷,学起老虎的叫声:

"啊呜——"

叫声震动了山谷,山谷里回音不断:啊呜——啊呜……

狼一听,吓得浑身哆嗦,心想:"这狡猾的狐狸设下圈套,把我引到老虎窝里来了,我还是快逃命吧。"

狼吓得撒腿就跑,逃出了山谷。

狐狸也紧跟着跑出山谷。狼在前面跑,狐狸在后面追。小动物们看得个个瞪圆了眼睛:怪事,恶狼怎么会怕狐狸?

知识链接

声波传播碰到障碍物反射或散射回来再度被听到的声音叫作"回声"。

小牛小猪救小鱼

楼建国

夏弟弟的脾气真暴躁,你瞧,他让太阳公公炙烤着大地,不让一丝风吹来。小狗热得吐出了红红的长舌头,小猫热得呼呼喘气,小猪热得泡进了水里。

山羊公公饲养的鱼也热得受不了,个个仰起了头,嘴巴不停地一张一合。山羊公公急坏了,怎么办呢?

山羊公公的烦恼被小猪知道了,他连忙去找小牛,要他帮忙出个主意。

"鱼是用鳃在水中吸取氧气的。天气热,水温高,水里严重缺氧,所以小鱼才要浮到水面来。缺少氧气,鱼会很闷的。"小牛边

想边说说:"小猪,我们去玩打水仗的游戏吧。我们把水甩向空中,水和空气的接触面增大了,氧气就增多了,这样鱼一定能补充氧气。"

小猪不知道小牛的办法是否有效。可是自己又没什么更好的办法,只好跟着小牛去。

他们来到鱼塘边,"扑通"跳下水,打起水仗来。鱼塘翻腾了,水花溅得老高,鱼们不安得乱窜。

听到了水声,山羊公公连忙奔出来。看见小牛和小猪在打水仗,急得连声叫:"别打啦!别打啦!鱼都快热死了,你们再折腾,鱼会死的!"

小牛和小猪好像什么也没听见,闹得更欢了。山羊公公气得直跺脚。

又过了好一阵子,小牛和小猪才爬上岸。

山羊公公心疼地看着鱼们,奇了,他们不但一条没死,反而个个精神焕发,活蹦乱跳,像是遇到了高兴事一样。

"这是怎么回事?"山羊公公惊奇地问。

小牛和小猪你看看我,我看看你,一起笑起来。于是,小牛把补充氧气的道理说了一遍。

山羊公公听了,连连称赞:

"你们真是聪明的好孩子!谢谢小牛和小猪!"

知识链接

水中有供鱼呼吸的氧气,但下雨前,由于大气压降低,水中的氧气减少,导致鱼在水中呼吸困难,鱼只能浮到水面来呼吸更多的氧气。

会融化的"玻璃"

龙 吟

冬天来了。小熊家的窗户没有装玻璃,北风呼呼地吹进来,房子里冷极了,生了火炉也不行。

大熊和小熊开始想办法。大熊说:"我们应该给窗户装上玻璃,挡住寒风,这样就不会冷了。"

"这是好办法。"小熊同意了,"我去买玻璃。"

小熊说着就往集市去。他穿过树林,来到小河边。小熊定睛往河里看,"好大的一块玻璃,何必去老远的集市买呢?"他想,就高兴地来到河边,取了一块"玻璃",扛回家去。

到了家,小熊得意地对大熊说:"你看,我

在河边找到一块玻璃!"

说着,他把"玻璃"安进窗框。

大熊连声称赞:"小熊真能干!"

"玻璃"安好了,寒风吹不进来了,他俩呼呼地睡起觉来。

可是,他们刚睡着,又被寒风吹醒了。这是怎么了?小熊连忙起来。瞧着空荡荡的窗户,小熊吃惊地说:"玻璃不见了,谁偷走了我们的玻璃!"

大熊跑过来看了看,发现窗户下有一摊水和许多碎冰块,明白了,说:

"你弄来的哪是玻璃,是冰块!冰是水遇冷后凝结而成的;遇热后,它又会化成水。房间里暖和,冰就融化了。"

小熊明白了,惭愧地说:"原来是这样,

明天我上集市买一块真正的玻璃。"

知识链接

水是液体,冰是固体。液体在一定的温度下,会转化为固体。温度低于0℃,水就会结冰。水结成冰后,体积会增大。

小姑娘的棉衣

孔德兰

小白兔蹲在左边的草窝里,小灰兔蹲在右边的草窝里。他们都缩着身子尽量往草堆里钻,可还是觉得冷。

"冬爷爷真不好,冻得我们连门都不敢出。"小白兔颤抖着说。

"雪花姑娘也不好,把大地封得严严实实的,让我们怎么找吃的?"小灰兔抱怨说。

他俩正在你一言我一语说着话,走来一位小姑娘,她一边走一边唱:

冬爷爷本领强,

带来美丽的雪姑娘,

把大地变得晶晶亮。

我要堆一个快乐的小雪人,

让它和我做伴、玩耍。

小姑娘走着唱着,看到了小白兔和小灰兔。她停下来,对他们说:"小兔子,你们好!我们一起堆雪人吧!"

"不去!不去!"小白兔摆摆手。

"太冷了,我们不去。"小灰兔摇摇头。

"冷?"小姑娘觉得好奇怪,"你们不是已经换上厚厚的皮毛了吗?"

"那也不行。"小白兔说,"天气太冷,寒风吹来,像针刺一样。"

"小姑娘,你不觉得冷吗?"小灰兔看着小姑娘红扑扑的脸蛋,奇怪地问。

"不冷。你瞧,我穿着厚厚的棉衣呢。"小姑娘指指身上的红棉衣说。

"我知道了,一定是棉衣会产生热气,你才不觉得冷的。"小灰兔说。

"不,你一定弄错了。"小白兔觉得小灰兔讲得不对,"棉衣只会产生冷气,不会产生热气。夏天,我亲眼见过卖冰棒的老大娘用棉衣盖着冰棒箱。"

"哈哈!你们都错了!"听了两只小兔的话,小姑娘不禁笑了起来,"棉衣既不会产生热气,也不会产生冷气,不过它能隔热。我穿上棉衣,身体里的热气就不会跑出去,外面的冷空气也进不来。夏天用它盖着冰棒,外面的热空气进不去,冰棒就不会融化。"

"噢,原来是这样。"两只小兔子明白了。

"对了,"小姑娘接着说,"活动也能使身体热起来。我们一起堆雪人吧,这样你们就不会冷了。"

"好啊!"两只小兔子愉快地答应了,一蹦一跳地出了窝。

知识链接

气温降到0℃以下,空气层中的水蒸气有时会凝结成一种白色结晶,它被称为"雪"。雪一般呈六角形,像花一样,因此叫"雪花"。

美味的阳光

张一成

小猪胖胖是个偏食的孩子,爱吃大鱼大肉,爱吃巧克力,爱喝牛奶,却一点都不爱吃蔬菜。

结果,胖胖长得越来越胖,走几步路就气喘吁吁的,上课也会打瞌睡,做什么事都无法集中精力。

春天来了,长颈鹿老师带着同学们去春游。胖胖走了一段路就走不动了,坐在地上直喘气。长颈鹿老师推推胖胖,胖胖一动不动。小山羊看见说:"胖胖,你只要吃点阳光就精神了。"

"吃阳光?这个主意太好了!可是怎么吃阳光呢?"胖胖兴奋地问。

"你快点走,我保证让你吃上阳光。"小山羊神秘地说。

胖胖连忙爬起来,跟上队伍。

吃午饭时,小山羊给胖胖拿来青菜:"这是在阳光下长大的,里面有好多阳光,你快吃吧。"胖胖接过青菜大口吃起来。

小白兔拿着西红柿说:"这里面也有好多好多阳光,你吃吧。"

胖胖吃得很开心,吃了又吃。从此,他再也不挑食了。

现在,小猪胖胖变得又结实又聪明,谁看见他都要亲一口,说:"这孩子,真阳光!"

知识链接

根据1990年国际粮农组织的统计,人体必需的维生素C的90%、维生素A的60%来自蔬菜,可见蔬菜对人类健康的贡献非同一般。